Sawubona ja suukko

Suomalaisten seikkailuja Swazimaassa

Familia Raittola

Sawubona ja suukko

Suomalaisten seikkailuja Swazimaassa

Books on Demand GmbH

Helsinki, Suomi

Kustantaja: Books on Demand GmbH, Helsinki, Suomi

Valmistaja: Books on Demand GmbH, Norderstedt, Saksa

ISBN: 978-952-318-488-6

Sisällys

Muutama sananen saatteeksi

Suomalaisia opiskelijoita on matkannut Swazimaahan säännöllisin väliajoin päälle vuosikymmenen ajan. Swazimaa houkuttaa lämpönsä, ystävällisyytensä, eksoottisuutensa tai karuutensa vuoksi. Jotkut lähtevät parantamaan maailmaa, toiset metsästävät täydellistä rusketusta, kolmannet etsivät omalle elämälleen uutta suuntaa.

Swazimaa on pieni afrikkalainen valtio, kuningasjohtoinen monarkia. Suomalaiseen yhteiskuntaan verrattuna yhtäläisyydet ovat harvassa, mutta kuitenkin tarkkaan katsoen löydettävissä. Heittäytyessään swazimaalaiseen arkeen skandinaavipoloinen ei voi välttyä kulttuurisilta, kielellisiltä ja moraalisilta oppitunneilta.

Reissussa, kuten elämässä yleensä, saattaa joskus löytää itsensä heittäytymästä myös rakkauteen. Rakkauteen heittäydymme kaikki eri tavoin, toiset silmittömästi ja pää edellä, toiset varpaankärjellä ensin tunnustellen. Afrikkalainen rakkaus on usein rohkeampaa, sinnikkäämpää ja maalailevampaa kuin ne kiintymyksen osoitukset, joihin suomalainen on luonnollisessa ympäristössään tottunut.

7

Stereotyyppisesti ajateltuna, afrikkalaisille tyypilliseen seurustelukulttuuriin voi löytää ymmärrystä katselemalla luonto-ohjelmia. Kun ymmärtää alkeet savannin lakipykälistä, on ehkä helpompi ymmärtää swazimaalaistenkin soidinmenoja. Leijonat ja gorillat, niitä tutkailemalla pääsee ainakin alkuun.

Miten sitten käy suomityttösen savannin armoilla? Suurin osa on selviytynyt, muutama jäänyt sille tielle, jokunen pahanpäiväisesti haavoittunut.

Tämä kirja ei ole turistiopas, ei matkakertomus, ei pikkutuhma novellikokoelma, ei käyttäytymisopas, ei absoluuttinen totuus eikä varsinkaan kokoelma fiktiivisiä tarinoita. Tarinat ovat todellisia kertomuksia rakkaudesta, joka on leimahtanut suomalaisten ja swazimaalaisten ihmisten välillä kuin maastopalot elokuussa. Niissä heijastuu kulttuuriset kolahdukset, kertojien persoonat sekä maailmankaikkeuden mukaan heittämät sattumat.

Sanastoa

Bombaso's backpackers — Kaiken hyvän ja pahan alku sekä juuri, Bombaso's Backpackers on suomalaisten suosima rennon letkeä majapaikka Mbabanessa.

Braai — Ruokakulttuurin tukijalka, viikonloppujen viihdyke, loistava lounasvaihtoehto. Braai merkitsee grilliä, barbequehetkeä ja tuotoksena grillattua lihaa.

Bushfire — Swazimaan suurin musiikkifestivaali, kesän päätösfestivaali touko- kesäkuun vaihteessa.

Durban — Rantakaupunki Etelä-Afrikassa, yksi valtion suurimmista kaupungeista ja suosittu lomakohde. Vain 540 ajokilometrin päässä Mbabanesta.

House on Fire — Swazimaan sivistynein yökerho

Kombi — Julkisen liikenteen yleisin muoto, pikkubussi. Ahdas mutta edullinen, kasvattaa kärsivällisyyttä sekä kulttuuritietoutta.

Manzini — Swazimaan toiseksi suurin kaupunki

Marula	Hedelmä, josta valmistetaan alkoholijuomaa. Kypsyy alkuvuodesta, aiheuttaa kymmeniä kuolemantapauksia vuosittain.
Mbabane	Swazimaan hallinnollinen pääkaupunki.
Pap	Maissipuuro, käytetään lisukkeena riisin tavoin.
Sawubona	"Näen sinut", tervehdys siSwatiksi.
siSwati	Swazimaan virallinen kieli englannin ohella
Yebo	Kyllä siSwatiksi. Myös vastaus tervehdykseen "sawubona": kyllä, minäkin näen sinut.

Too hot to handle

Heti ensimmäisellä sekunnilla nähdessäni Sabelon, heitti aivojeni mielihyväkeskus frontside ollien. Tämä tapahtui oitis saavuttuamme majapaikkaamme, sillä hän työskenteli uudessa kodissamme. Uskomatonta mutta totta, mies oli tismalleen minun makuuni vaikuttavine piirteineen, erottuen juuri sopivasti massasta. Olin myyty heti kättelyssä.

Vaatimattomana suomalaisena en kuvitellut mitään tapahtuvan välillämme, vaikka salaa itsekseni kikattelin, että voisikohan mies sisältyä vuokraani. Hymyilin vain nätisti ja tutustuin uuteen ympäristööni.

Sabelo oli niin söpö ja kuuma sekä tietenkin ennen kaikkea äärettömän mukava.

Olin ollut Swazimaassa puolitoista viikkoa, kun lähdimme ensimmäistä kertaa yökerhoilemaan. Kun Sabelo tupsahtikin paikalle yllättäen, juolahti mieleeni lipua juttusilleen hänen kanssaan. Siinäpähän sitten juttelimme jutun jos toisenkin, kunnes kaikki muut lähtivät kotiin, ja jäin toisen suomalaistytön kanssa tanssilattialle.

Sabelo pysytteli lähettyvilläni, mutta aina irtaantuessani seurastaan, jutteli hän sosiaalisena miehenä muidenkin naisten kanssa. Omaksikin yllätyksekseni sydäntäni kalvoi mustasukkaisuus. Koin yhtäkkiä asemani uhatuksi, vaikka eihän välillämme ollut tapahtunut mitään hymyä vakavampaa.

Painelin vessaan, jossa törmäsin naiseen, joka esitteli itsensä Sabelon entiseksi tyttöystäväksi. Nainen alkoi huutaa minulle täyttä kurkkua erilaisia solvauksia siitä, miten halpa olen kiehnätessäni Sabelossa, olettaen meidän harrastaneen jo muutakin kuin pelkkää vispilänkauppaa. Koitin saada sanoja oikeaan järjestykseen sanoakseni, ettei naisen jutuissa ole mitään perää.

Näin jälkikäteen asiaa pohtiessani on mielenkiintoista, että nainen vainusi pelkän keskustelumme pohjalta asioita, jotka tulivatkin käymään toteen nopeammin kuin uskoinkaan. Ehkä olisi pitänyt lähettää jälkikäteen naiselle ammatinvalintavinkki tulevaisuudelle – selvä ennustajaeukko!

Valomerkin aikaan pakkauduimme autoon ja kaasuttelimme kotia kohti. Sabelo pyysi minua vielä yömyssyille, ja hyvässä vireessä toki suostuin. Keskustelu karkasi huimiin sfääreihin, melko syvällisiinkin aiheisiin, ja kellon lyödessä kuusi en enää kyennyt vastustamaan kutsua yökylään. Menin, näin ja voitin. Aamulla hiippailin kotiin ja huoneeseeni ennen kuin kukaan muu oli hereillä.

Siitä alkoi jännittävä piiloleikki: aina kun näimme, halailimme piilossa muiden katseilta. Olin vieläkin ihmeissäni siitä, että meillä ylipäätään on jotain sutinaa. Minua hermostutti ajatella, mitä muut tytöt ajattelisivat siitä, että tapailen Sabeloa.

Hengailin välillä joitain iltoja Sabelon luona, muttei siinä ollut mitään sen kummempaa. Kun sairastuin, piti hän minusta huolta osoittaen välittämistään suloisella huolenpidolla.

Olimme pyörineet Swazimaassa jo tovin, kun koko porukka päätimme suunnata kohti Mosambikia. Reissussa osoittautui mahdottomaksi enää peitellä välillämme lenteleviä rakkauden leimahduksia, ja olimme ensimmäistä kertaa julkisesti yhdessä kaiken kansan nähtävänä. Sabelo ei halunnut enää piilotella, eikä kukaan yllätyksekseni kommentoinut asiaa sen kummemmin.

Olimme Mosambikin kuumilla hiekkarannoilla avoimesti ja söpösti yhdessä, meillä oli superkivaa. Sydämeni suli, kun sain olla Sabelon kanssa. Kiinnostus oli molemminpuolista ja näkyvää. Elämä oli nannaa.

Kun tuli aika palata Swazimaahan ja kotiin, tulivat mukana arjen askareet ja kuviot. Avoin yhdessäolomme siirtyi arkeen. Vietin paljon öitä, iltoja ja päiviä Sabelon kanssa. Olimme hänen luonaan, teimme ruokaa ja hoidimme arkea yhdessä.

13

Melko nopeasti hän alkoi kutsua minua hellittelynimillä, tunteeni syvenivät päivä päivältä ja arki oli ihanaa. Hieman minua kaihersi, kun hellittelynimet tulivat kuvioon nopeammin, kuin mihin olen Suomessa tottunut. En olisi halunnut nimikettä "tyttöystävä" ihan vielä.

Välillä juoksin salaa karkuun omaan huoneeseeni kaivatessani omaa aikaa, koska yhdessäolomme oli todella tiivistä. Olin kuitenkin edelleen myös minä, enkä pelkästään me.

Eräänä kauniina viikonloppuna hyppäsimme moottoripyörän selkään ja päristelimme Etelä-Afrikkaan. Sabelo opetti minulle mopoilujuttuja, ja oli ihanaa mennä motskarireissuille leikkien niin niin pariskuntaa.

Vähän siinä sitten säikähdinkin tilannetta. Olen melko tottunut siihen, että ennen pitkää asiat aina menee mönkään. Toisaalta ajatus vakaasta parisuhteesta myös kiinnosti, koska pelasimme niin hyvin yhteen ja yhteiselomme oli toimivaa. Koko kuvio siis kiehtoi minua kovasti.

Sabelo kertoi minusta kavereilleen sekä isälleen. Hänen kaverinsa kertoivat minulle, etteivät ole nähneet miestä noin onnellisena pitkään aikaan. He olivat jo ehtineet huomata Sabelon naamakertoimesta, että pojalla on jotain tyttöjuttuja.

Hän esitteli minut kaikille ja kaikkialla ja halusi ihmisten tietävän meistä. Eleet loivat tunnetta, että tähän hommaan voisi uskoa. Muut puhuttelivat minua "Sabelon tyttöystävänä". Ulkopuoliset kertoivat, miten välillämme näkyy käsin kosketeltava tunne ja välittäminen, sekä kiintymys toinen toiseen.

Hän kertoi minulle, että kiinnitti minuun huomionsa jo paljon ennen ensimmäisiä hetkiämme yömyssyllä. Erotuin kuulemma joukosta sähäkän ulkonäköni sekä näpsäkän luonteeni ansioista. Vaikka olimme yhdessä joka päivä, emme koskaan tapelleet. Vähän minua salaa kuitenkin pelottivat parisuhdeasiat.

Sabelon puheeseen alkoi lipua lupauksia tulevaisuudesta. Olin ehtinyt jo unelmoida taideterapeuttisten vaikutteiden tuomisesta Swazimaahan. Äkkiä hän oli jo järjestänyt minulle suhteita ja availlut niitä ovia, joita tarvitsisin unelmieni saavuttamiseksi. Hän alkoi etsiä Suomen viisumitietoja, jotta pääsisi käymään mahdollisimman nopeasti luonani palattuani kotiin. Seuraavan vuoden syksyllä minä voisin sitten palata Swazimaahan.

Kaiken sen maalailun kautta aloin itsekin uskoa tulevaisuuteemme yhdessä. Toki samalla kyseenalaistin myös, voiko puheiden varaan laskea. Swazimaahan lähtevien orientaatiossa ilmoille päästetyt varoituksen sanat swazilupausten heppoisuudesta kummittelivat mielessäni, ja mietin ottaakohan hän asian samalla vakavuusasteella kuin itse ottaisin vastaavanlaiset lupaukset.

Sitten tuli reissu Botswanaan pienehköllä porukalla, jonka vietin alusta loppuun sairastaen. Silloinkin ensimmäisenä iltana Sabelo piti minusta hyvää huolta kertoen, miten olen ensimmäinen ihminen, jonka hän haluaa nähdä aamulla herätessään ja illalla nukkumaan mennessään. Kaunein sanoin hän kertoi minulle, miten paljon minusta välittää.

Reissun aikana huomasin kuitenkin, että häntä kiinnosti enemmän päihtyminen ja esillä olo. Sain huomata, miten sairasteluni, väsymykseni ja innottomuuteni veti meitä eri suuntiin käsillä olevassa tilanteessa. En vain pystynyt olemaan yhtä mukana kaikissa jutuissa, mitä muut puuhasivat. Sitten hän aisti miten minua alkoi syömään se, että hän oli aina sekaisin. Kritisoin ympärivuorokautista humalatilaa, ja huomasin miten häntä puolestaan alkoi syömään kuittailuni. Itse en voinut lääkekuurieni vuoksi juoda pisaraakaan.

Sabelossa alkoi olla jotain kummallista, ja vaistosin jonkin asian painavan häntä. Menetin hermoni hänen outoiluunsa, rohkaisin mieleni ja kysyin asiasta. Vastauksena hän töksäytti, ettei hän tiedä haluaako hän jatkaa juttuamme. Hän kertoi, miten hänen on vaikea pukea asiaa sanoiksi, mutta hänen kehossaan tuntuu erilaiselta eikä hän osaa selittää näitä tuntemuksiaan.

Minua ei pelkästään satuttanut sen hiljalleen voimistuneen välittämisen tunteen menetys. Samalla romuttuivat myös kaikki ne portit ja ammatilliset mahdollisuudet, joita minulle oli jo osoitettu.

Sabelo sanoi, ettei tiedä olivatko ne ikä- vai kulttuurierot, jotka lopulta tulivat väliimme.

Lopulta koko reissua Botswanaan leimasi porukan nukkumattomuus ja jatkuva känni. Sabelo oli silminnähden aivan loppu, esittäen urheasti kaiken olevan hyvin. En tiedä olisiko tilanne ollut toinen, jos nämä väsymykseen ja sairasteluuni liittyvät asiat eivät olisi varjostaneet reissun tuottamaa kummallista tilannetta.

Aluksi tuntui kurjalta ja kamalalta, itse asiassa pidemmänkin aikaa. Toisaalta kuvioon hiippaillut kummallisuus oli nyt ratkaistu, ja se helpotti oloa. Päällimmäiseksi jäi kuitenkin hyvä fiilis siitä, että saan itse rakentaa omia unelmiani sekä ennen kaikkea pitää avainta unelmiini omassa taskussani.

Kulttuurieroina suhteessamme näkyi naisen ja miehen roolit parisuhteessa. Sabelo otti voimakkaasti miehen roolin pitäen huolta minusta. Swazimaalaisessa kulttuurissa miehen tehtävä on ohjailla naistaan, antaa ohjeita ja neuvoja pienten ja suurten elämän valintojen edessä. Hän sanoikin suhteemme

lopussa kokeneensa tilanteen hankalaksi, ollessaan kykene-
mätön ohjailemaan minua tai kertomaan minulle mitä tehdä.
Hän sanoi, ettei tiedä miten käsitellä minua ja itsenäisyyttäni.

Ja lupaukset. Suomalainen kun ei lupaile mitään, ellei tiedä
pystyykö pitämään sanansa. Swazit lupailevat herkästi,
vaikka eivät itsekään usko niiden toteutuvan.

Sakkolihan äärellä

Heti ensimmäisenä viikonloppunamme Swazimaassa saimme kutsun jonkun paikallisen heppulin syntymäpäiväjuhliin. Hyppäsimme ohjeistuksen mukaan kombiin Mbabanen keskustasta, autuaan tietämättöminä edes minkä nimiseen paikkaan olimme menossa, lähelle vaiko kauas.

Kombimatka oli kertakaikkisen hermoja kiristävä. Olimme melko varmoja, että kuolema korjaa koko kombilastimme ennen kuin pääsemme kekkereihin. Kuopat tiessä olivat ainakin metrin syvyisiä ja kombiparka kiipesi ylämäkeä minuutti toisensa jälkeen, ainakin puolen tunnin verran.

Suojelusenkelitkin olivat varmaan hermoiluhiestä märkänä, kun pääsimme vihdoin kukkulan laelle. Maisema oli kaunis, se avautui vuoristoon ja vehreän luontoon. Emme kuitenkaan törmänneet odottamaamme ihmispaljouteen, sillä olimme kompastuneet tyypilliseen ajoitusongelmaan; olimme ensimmäiset paikalla.

Kemujen käynnistyessä saimme melko nopeasti huomata, että tarjolla oli aivan liian vähän boolia sekä eräs omituinen kutsuvieras; kipollinen pilvipopcorneja. Jossain siellä illan hämärissä hyvin nuoren näköinen kaveri lähestyi minua. Ystävällisesti rupattelin pojun kanssa, taisimme siinä tanssiakin yhdessä. Hän hännysteli mukanani ympäriinsä ja mietiskelin, mitäköhän hänkin minusta haluaa.

Poju alkoi puhua, miten hän voisi kyllä tulla Suomeenkin käymään. Hän pyysi numeroani sekä lähetti minulle kaveripyynnön Facebookissa.

Meno alkoi bailuissa käydä villiksi. Yksi seurueemme tyttö maistoi kiellettyä hedelmää ja pussaili viehättävän paikallistytön kanssa, toinen veteli innoissaan muutaman kourallisen liikaa pilvipoppareita. Keräännyimme suomalaistiimin voimin sopivan etäisyyden päähän paikallisten riennoista, kokkauspisteen tulisijan kylkeen lämmittelemään käsiämme.

Tulen yllä tirisi makkaraa ja erilaisia lihanpalasia, isossa kattilassa hämmennettiin omituisen näköistä valkoista puuroa. Opimme myöhemmin, että se oli juurikin sitä pappia eli moneksi muuntautuvaa maissipuuroa.

Uudet ystävämme opettivat meille afrikkalaisia tanssiliikeitä housen tahtiin, ja vaikkei jäykät lantiomme taipuneetkaan kaikenlaisiin pepunpyörityksiin, kaikilla oli hauskaa. Kunnes yksitellen tiimimme alkoi nuukahtaa, väsy alkoi painaa ja kaipailimme pääsyä tyynyn ja peiton väliin. Pyysimme paikallisia ystäviämme auttamaan meitä kyydin kanssa, ja ryhdyimme soittelemaan takseille.

Kaikki kuskit eivät tienneet antamaamme osoitetta laisinkaan ja ne jotka tiesivät, kieltäytyivät ajamasta kukkulalle. Soittelimme takseille ja kombeille, epätoivon hiljaa hiipiessä väsymyksen vierelle, loppujen lopuksi soitellen mihin tahansa numeroon, minkä saimme käsiimme.

Siinä ahdistuksensekaisessa sinisilmäisyydessämme yhden suomalaistytön puheajatkin ryövättiin, annettuamme hänen puhelimensa eräälle paikalliselle, jotta tämä soittaisi jollekin kuskille. Puheaikaa kun voi lähettää puhelimesta toiseen yksinkertaisen koodin avulla, niin tämä uusi paikallinen ystävämme osoitti laupeutensa lähettämällä niin paljon puheaikaa omaan puhelimeensa kuin kehtasi. Ja unohti siinä samassa soitella kyytiäkin.

Siinä alkoi sitten jo melkein itku tulla silmään, kun muu bilekansa kehotti odottamaan aamuun, sillä aamukahdeksalta kombi tulisi noutamaan kaikkia. Kärsivällisyys oli meistä kaukana, kun vihdoin saimme ylipuhuttua yhden taksikuskin paikalle hakemaan meitä. Porukkamme jakautui kahtia, kun kaikkein väsyneimmät lähtivät taksilla ja loput jäivät odottamaan aamukahdeksan kyytiä.

Kuljettaja oli valtavankokoinen mies ja tie niin kuoppainen, ettei taksi päässyt pois kukkulalta koko lastin kanssa, joten kahden oli käveltävä taksin perässä aamuauringon noustessa vuorten takaa. Toinen niistä kahdesta olin tietenkin

21

minä, ja siinä tassutellessamme taksin perässä, ahdistuksen hiljalleen purkautuessa, nauroimme ihan katketaksemme tilanteen tragikoomisuudelle. Kotimatka kesti ikuisuuden, mutta vihdoin aamulla laskimme päämme tyynyyn ja nukahdimme suloiseen helpottuneeseen uneen.

Seuraavina päivinä bileissä perässäni roikkunut poju lähetteli viestejä ja kertoi rakastuneensa minuun. Hän oli kertonut minusta äidilleen, että oli löytänyt elämänsä naisen. Vastasin, ettet voi rakastua ensi näkemällä, mutta hän oli eri mieltä.

Hän oli vain pieni lukiolaispoika.

Jättiläismäinen rakkaus

Olin ajatellut opiskeluvaihtoa, mutten Afrikkaa vaihtoni kohteena. Afrikka yritti kuitenkin tiedostamattani luikerrella mieleeni joka suunnalta. Muutama tuutoroimani opiskelija palasi vaihdoltaan Botswanasta, ja opettajanikin puheli Afrikan mantereesta potentiaalisena vaihtoehtona. Oikeasti kiinnostukseni heräsi vasta, kun eräs tuttavani palautui Swazimaasta. Nähtyäni kuvia kohteesta aloin selvittää mistä tässä pikkiriikkisessä maassa on oikein kyse. Puhuin siinä ohessa kaverinikin ympäri ja hups, olimmekin hetkessä hyvää vauhtia suuntaamassa Swazimaahan. Yksin en olisi tosin moiseen hommaan lähtenyt.

Kun lähdin Suomesta, lähdin pelastamaan maailmaa sekä parantamaan Aidsia, ehkä myös halailemaan parin leijonan kanssa siinä ohessa. Olin seurustellut kolmisen vuotta, ja olimme juuri muuttaneet poikaystäväni kanssa yhteen. Näin itseni palaamassa poikaystäväni hellään syleilyyn kolmen kuukauden kuluttua, ja ajatus tulevaisuudesta piti murheet loitolla.

Kotonamme Bombasoksella pyöri joitain poikia, jotka olivat majapaikkamme omistajan kavereita. Opin muistamaan muutaman hepun nimet, mutten kiinnittänyt heihin sen kummemmin huomiota. Minulla oli missiona pelastaa maailma. Tai ainakin Swazimaa.

Ensimmäisiin kekkereihimme pääsimme, kun saimme kutsun erään veljesporukan luo. Paikasta löytyivät kaikki superbailujen ainekset, oli poreamme ja baaritiski notkuen juotavaa, braai kävi kuumana ja porukka kreisinä. Me suomalaiset tytöt juhlimme läpi yön Bombasoksella aikaisemmin pyörineiden poikien kanssa ja aamulla palauduimme kaikki samalla kyydillä kotiin.

Oli marula-aika, ja seuraavana päivänä loikoilimme altaalla koko porukka yhdessä hörppien marulaa ja pelaillen krikettiä. Istuskelin siinä ja mietin, pitäisikö vaan luovuttaa ja mennä päiväunille. Kesken päiväunipohdintojani muuan pitkä vaalea mies koitti availla keskustelua hyvin kehittyneistä tanssitaidoistani, mutten jaksanut rupatella joutavia, vaan painuin sänkyyni.

Viikot ja viikonloput kuluivat, ja työt palauttivat maailmanpelastushaaveeni maan pinnalle. HI-viruksen vilkasta leviämistä ylläpitävät teot ja asenteet ovat juurtuneet syvälle swazimaalaiseen kulttuuriin, ja sain harmikseni huomata, ettei yksittäinen opiskelija voi pelastaa kuin yksittäisiä hetkiä.

Rankan työn vastapainoksi lähdimme eräs viikonloppu maan viileimpään yökerhoon tuulettumaan. Yökerho on maasta ja puusta rakennettu tila, jonka katosta kurkistaa öinen tähtitaivas. Yökerhon bileet ovat maan parasta laatua, joten reivasimme myöhäiseen yöhön.

Olimme jo lähdössä kotia kohti, kun pitkä vaalea Melusiksi esittäytynyt mies tuli minua vastaan, otti kädestäni kiinni, suuteli kämmenselkääni ja sanoi, että näytänpä kauniilta tänään. Huuuuuui, päässäni huimasi hetkellisesti noinkin rohkean ja romanttisen eleen edessä. Ihanaa, ajattelin, mutten jäänyt asiaa siihen sen kummemmin mietiskelemään, vaan ajatukseni palasivat poikaystäväni luo ja ruumiini palasi kotiin.

Sattui kuitenkin niin, että erään kerran viettäessämme iltaa kotona ja muiden poikien pikkuhiljaa palautuessa omiin koteihinsa, jäi Melusi vahingossa kanssani kahdestaan hengailemaan yön pikkutunneille. Istuimme uima-altaalla puhellen kaikesta ja ei mistään aamukolmesta aamuseitsemään. Puhelimme Suomen kesistä ja pikkulintujen laulusta, jota Swazimaan kesissä ei kuule.

Aamulla minuun jumiutui jännä tunne. Jäin miettimään, miten voi tuntemattoman ihmisen kanssa olla niin helppo olla, sillä en muista jännittäneeni miehen seurassa yhtään. Muistan, kun menin takaisin huoneeseeni ja sanoin ystävilleni, että olen tavannut niin siistin tyypin, että meistä tulee varmaan huippuhyviä ystäviä. Yksi ystävistäni oli erikoistunut matkapäiväkirjan kirjoittelemiseen ja sanani ikuistettiin tuona aamuna kirjoihin ja kansiin.

Olin vaihdossa kuluneiden viikkojen aikana oppinut, että kaikki Bombasoksella pyörivät tyypit yrittivät hyötyä meistä tytöistä jotenkin. Tässäkin asiassa uusi ystäväni erottautui edukseen eikä näyttänyt omaavan piiloaikeita.

Jossain siellä päivien vilinässä vaihdoimme numeroita jonkin hyvin käytännönläheisen tarpeen sanelemana, kuten tulevan viikonlopun menoja suunniteltaessa. Tuhansien kilometrien päässä minua odotti edelleen poikaystävä, eikä mielessäni ollut käynytkään muita vaihtoehtoja.

Melusi alkoi käydä Bombasoksella melkein päivittäin, jopa ilman meillekin tutuksi tullutta kaveriporukkaansa. Hiljaa mielessäni mietin, olisiko olemassaolollani jotain osuutta asiaan. Viikonlopun riennoissa odotin salaa, että hän liittyisi seuraamme. Vaikken myöntänyt sitä itselleni enkä muille, olin jo aika ihastunut. Hän tuli yleensä myöhässä, joten sain usein odotella häntä sydän pamppaillen. Nähdessäni hänen suuren hahmonsa saapuvan tilaan, mieleni valtasi lämpö, jonka jälkeen saatoin heittäytyä rennoksi ja pitää kivaa.

Hiljaa mieleeni hiipi tunne, että tässä on kaikki mitä olen kaivannut, eikä minulta puutu mitään.

No, luonnollisesti tuli sitten sekin aika, kun seurueeni alkoi kiusoittelemaan asiasta, udellen syitä syventyneeseen symbioosiin tauotta piippailevan puhelimeni kanssa. Pystyin kuittaamaan asian kaveruudella, kunnes kuvioon vieri kolmas pyörä.

Eräs mies, Max, oli huomannut minun ja Melusin välillä suhisevat lämpimät katseet. Max alkoi piirittää minua heitellen Amorin nuolia jalkojeni juureen. Ajattelemattomuuttani vahingossa vastasin huomionosoituksiin ja lähdin mukaan pelleilyyn, vaikken tuntenut mitään heppua kohtaan.

Kolmas pyörä vieri vierellä kunnes se vihdoin ajoi meidät päätöksen äärelle. Eräissä kekkereissä ystäväni tuli sanomaan minulle, etten voi jatkaa hulutteluani vaan on tehtävä päätös, sillä Melusi silminnähden mureni pelleilyni edessä. Päätös ei ollut enää vaikea, joten menin ja mojautin ensisuukon Melusin huulille.

Viimeisen kuukauteni päivinä vietimme enemmän aikaa yhdessä, mutta mieltäni kaihersi ristiriitainen syyllisyys parisuhdevelvollisuuksistani. Tiesin, etten voi palata poikaystäväni luo, koska olin kyennyt muodostamaan tunnesiteen toiseen, mutten ollut varma voinko heittäytyä tähän kaukorakkauteenkaan. Näenkö tätä elämääni tupsahtanutta miestä enää hiljalleen kuluvien viimeisten päivien jälkeen?

Suuntasimme porukalla Durbaniin kaupunkilomalle harjoitteluun liittyvät velvollisuudet suoritettuamme. Melusi liittyi seuraamme, ja käytimme paljon aikaa suunnitellen seuraavaa askeltamme.

Olimme yhtä mieltä siitä, ettemme halua heittää yllättäen syntynyttä tunnetta hukkaan. Mies lupasi uida vaikka valtamerten yli päästäkseen luokseni. Suunnittelimme treffejä puolimatkaan Egyptin pyramideille.

Kotimatka alkoi epämukavassa olotilassa. Olin kuitenkin jo vakuuttunut siitä, että parisuhteeni Suomessa oli purkissa.

Melusi sanoi tulevansa moikkaamaan sukulaisiaan Englantiin ja samalla kavereitaan sekä minua Suomeen. Hih, minuakin moikkaamaan. Siinä odotellessa vierähti koko kesä, kunnes vihdoin syksyn korvilla hän saapui. Olimme sopineet, että hän tulee luokseni asumaan kahdeksi viikoksi.

Minua alkoi jännittää, olisiko hänen kanssaan sellaista kuin se oli silloin? Swazimaassa olin toisenlainen ihminen kuin olen kotona, silloin reissussahan vain bailattiin. Onko hän oikeasti ihastunut siihen, mitä minä olen? Mitä tapahtuu, kun hän näkee suttuisen naamani aamulla, kotini ja tavallisuuteni?

No ei hän onneksi pelästynyt. Näytin hänelle vanhempani, mökkini ja sukuni. Teimme uuden jatkosuunnitelman. Hän palaisi muutamaksi kuukaudeksi Englantiin, ja muuttaisi sitten Suomeen luokseni.

Minua pelotti taas ihan kauheasti. Voinko tehdä näin, olenko nyt valmis tähän? Olen ollut pitkään parisuhteessa, emmekä edes tunne toisiamme! Kaikenlaisia ajatuksia risteili mielessäni ja päivät kuluivat sekaisissa tunnelmissa. Mitä jos hommat ei menekään putkeen? Olin kauhuissani, mutta yritin rohkaista itseäni ajattelemalla, että enemmän se jälkikäteen harmittaa ellei kokeile.

Kun sitten saapui se päivä, menin häntä vastaan rautatieasemalle. Hän hyppäsi junasta matkalaukku kädessään ja minut valtasi rauhan tunne. Se oli niin luonnollista ja kotoisaa, kuin olisimme tunteneet aina.

Kultainen renttupoika

Saavuin Swazimaahan tammikuisena kesäpäivänä. Aurinko porotti taivaalla ja lämmitti suomalaisen talven koettelemaa hipiääni. Olin puhtaan onnellisuuden vallassa, kun pääsin toteuttamaan unelmiani. Kotoa lähteminen oli tosin ollut vaikeaa, sillä olin ensimmäistä kertaa erossa poikaystävästäni.

Saavuimme majapaikkaamme, jossa meitä odotteli paikan "manageri" Mark. Hän miellytti silmääni, enkä voinut olla pitämättä tästä komeasta renttupojasta, jolla oli kultaistakin kultaisempi sydän. Eikä aikaakaan, kun hän iski silmänsä minuun.

Tunsin hänen katseensa polttavan kuuman auringon lailla ihollani, mutta yritin aluksi olla vastaamatta hänen katseisiinsa. Vetovoima vei kuitenkin voiton, enkä pitänyt pientä flirttailua niin kovin syntisenä ajanvietteenä. Vietettyämme aikaa samoissa porukoissa huomasimme myös viihtyvämme toistemme seurassa paremmin kuin hyvin. Juttelimme usein ja meillä oli hauskaa.

Eräänä iltana menimme porukalla baariin ja Mark seurasi minua koko illan. Tanssimme, rupattelimme ja juhlimme yömyöhään. Emme lopettaneet kekkereitä baariin, vaan jatkoimme bailuja kotona. Muiden kömpiessä hiljalleen unten maille jäimme lopulta kahden. Halusin olla rehellinen, jottemme menisi yhtään flirttailua pidemmälle. Olin jo niin pahasti pihkassa, että taistelu itseäni ja halujani vastaan vaati kaiken energiani sekä keskittymiskykyni. Kerroin hänelle, että minulla on poikaystävä. Hänen suloinen katseensa ei ollut moksiskaan uutisestani, vaan jatkoi pureutumistaan minuun.

Vietettyäni ensimmäisen kuukauden uudessa kuumassa ympäristössäni sain odottamattoman puhelun. Poikaystäväni soitti Suomesta kertoen pettäneensä minua. Uutinen iskeytyi kasvoilleni kuin märkä haiseva rätti, enkä tiennyt mitä ajatella. Olin surullinen ja suutuksissa. Olin ollut niskan päällä omassa taistelussani kiellettyä hedelmää vastaan, mutta nyt luovutin, päästin irti ja heittäydyin tunteideni vietäväksi. Mikä oli tähän asti ollut kiellettyä hedelmää, oli nyt käsieni kosketeltavissa.

Suomalainen poikaystävä kivuliaine uutisineen siirtyi takaalalle. Suljin kaikki siihen liittyvät ajatukset ja tunteet johonkin aivosolujen hautausmaalle, arkkuun jonka sinetöin välillemme jääneillä kilometreillä.

Aloimme viettämään aikaa yhä tiiviimmin Manager Markin kanssa. Halailimme, suutelimme ja nautimme mahdollisuudestamme vihdoin heittäytyä kosketukselle. Vietimme aikaa makoillen hänen sängyssään jutellen kaikista maailman asioista, pohtien syntyjä syviä. Kun sitten eräänä iltana siirryimme seuraavalle kosketuksen tasolle, hän varmisti herrasmiehenä, olinhan varma asiasta. No että olinko! Renttumainen ulkonäkö ja tummat silmät olivat tehneet tehtävänsä, olin aivan hulluna häneen.

Pian jo käytännössä asuin hänen huoneessaan. Vietimme kaiken vapaa-ajan yhdessä, mikä hänen työltään hostellilla liikeni. Kun vietimme iltaa yhdessä, hän piti huolen, että minulla oli kaikki hyvin. Varsin tarkkaavaisesti hän varjeli minua etenkin muiden miesten huomiolta sekä häiriköinniltä. Hän oli omistushaluinen, muttei itse koskaan tuijotellut muita naisia.

Kylminä iltoina hän asetteli hupparinsa ylleni, etten palelisi. Usein hän tarjosi juomani omaan piikkinsä, etten minä tuhlaisi rahojani. Hän alkoi myös tutkia mahdollisuuksiaan tulla Suomeen.

Mitä lähemmäksi lähtöni hiipi, sitä ärtyisämmäksi hän muuttui. Mark tuli etäiseksi, ei ollut enää palvelualtis eikä tehnyt töitään. Vitsailimme, että hänestä oli tullut minulle kiukutteleva tyttöystävä ja hänen kaverinsa kiusoitellen kyselivät minulta, miten voin seurustella naisen kanssa. Huulenheittoahan se kaikki oli, mutta Markin kiukuttelu oli todellista.

Hän halusi minun tietävän, että on tosissaan suhteeni. Mark halusi tulla Suomeen opiskelemaan, hän kertoi kuinka jonakin päivänä menisimme naimisiin, saisimme tyttövauvan ja eläisimme onnellisena. Hän vietti lähes kaikki illat kanssani. Toisinaan hän saattoi vetäytyä omaan maailmaansa, tuskaili kaiketi lähtöäni.

Mark poltti päivittäin pilveä, ja hiljaa mielessäni mietin miten hän pärjäisi Suomessa, kun sätkälle olisi sanottava heipat. Muuten en ollut huolissani kulttuurisista eroista, suhteessamme ei juurikaan tullut esiin selkeästi kulttuurisista syistä johtuvia erimielisyyksiä.

Mark halusi esitellä minut perheelleen ennen lähtöäni. Hän ei ollut aikaisemmin vienyt tyttöjä kotiin näytille. Päivä, jona tapasin hänen perheensä, oli yksi parhaista koko kolmen kuukauden aikana.

Nautimme viime hetkistä yhdessä Markin kanssa, meillä oli hauskaa ja touhusimme kaikenlaista yhdessä. Tunsin valtavaa läheisyyttä hänen kanssaan. Muistoksi otimme valtavan paljon kuvia, jottemme unohtaisi sitä onnea.

Sitten tuli se päivä, saapui viimeinen aamu, päättäen kolmen kuukauden seikkailuni. Matka oli nyt purkissa ja täytyi palata kotiin, sinne alkuperäiseen kotiin, Suomeen. Meillä olisi tiiviin yhteiselon jälkeen käsissämme kaipaava kaukosuhde. Toivoimme parasta ja vakuuttelimme toisillemme, että se toimisi hienosti. Suomeen palattuani soittelimme toisillemme, lähettelimme viestejä ja kävimme Skypessa pitkiä keskusteluja.

Kotona kaikki oli kuitenkin niin sekavaa. Keskustelin entisen poikaystäväni kanssa kaikesta tapahtuneesta ja yllättäen pintaan nousivat kaikki ne tunteet ja ajatukset, jotka olin siirtänyt syrjään muutamaa kuukautta aikaisemmin. Jouduin nyt avaamaan sen ajatusten arkun ja käsittelemään kaikkia niitä tunteita.

Niin siinä sitten kävi, että eräänä päivänä päätin soittaa Swazimaahan ja kertoa Markille tarvitsevani aikaa ajatella, aikaa käsitellä kaikkea tapahtunutta. Sanoin soittavani, kun olen siihen valmis. Mark vastasi, ettei minun tarvitse soittaa, ellen enää halua. Enkä koskaan soittanut.

Olin kuitenkin luvannut tulla takaisin Swazimaahan, ja minulla on tapana pitää lupaukseni. Niinpä palasin Afrikkaan ja lähetin Markille viestin, että olen tavattavissa. Hän ei enää työskennellyt hostellilla, enkä ihan tarkkaan tiennyt missä hän oli.

Ajattelin olevani selityksen velkaa, joten tarjosin mahdollisuuden keskusteluun. Olisin halunnut kertoa olevani pahoillani, en kaivella asiaa sen enempää. Hän ei kuitenkaan halunnut enää tavata. Mutta minä sain rauhan, enkä enää kokenut olevani mitään velkaa.

Yksi muiden joukossa

John sattui olemaan seurueessa, kun kerran lähdin klubbaa-maan. Jouduin istumaan hänen sylissään auton ollessa piu-kassaan ihmisiä. John heitti typeriä vitsejä luisesta takapuo-lestani. En ollut sen kummemmin pitänyt hänestä, joten vitsit lensivät toisesta korvasta sisään ja toisesta ulos.

Istuimme baarin ulkopuolella ja puolivahingossa aloimme puhella niitä näitä. John oli aina hänet nähdessäni kiukkuinen ja kiukutteleva, hankalan oloinen kaveri. Jutustellessamme aloin kuitenkin hiljalleen ymmärtämään hänen monimut-kaista persoonaansa. Hän tykkää olla itsekseen, hän on luova ja tekee paljon töitä. Yhtäkkiä hän vaikuttikin mielenkiintoi-selta, en olisi osannut kuvitella puoliakaan asioista, joita hän kertoi itsestään.

Välillä vietimme arkea yhdessä, meillä synkkasi ihan hyvin ju-tellessamme. Sitten oli jotain ulkoiluiltoja, joiden välissä ja ai-kana taisin huomata, että sehän yrittää minua. John selitti minulle miten olen kaunein hänen ikinä näkemänsä nainen, ettei koskaan ole nähnyt näin kaunista naista, ja miten olen niin mukavakin.

Erkaannuttuani vastikään eräästä toisesta kaksilahkeisesta, John alkoi selittää miten hän oli syvästi pettynyt sinä päivänä, kun olin ajautunut yhteen kyseisen miehen kanssa. Hän oli jo silloin kokenut jääneensä rannalle ruikuttamaan.

Hän kertoi minulle, miten oli halunnut minut omakseen koko sen ajan kun olin edellisen poikaystäväni kanssa. Suhtauduin häneen edelleen melko välinpitämättömästi.

Eräänä iltana kuitenkin päädyin Johnin luo ja kaikenlaisia juttuja meinasi tapahtua. Oli muitakin erinäisiä iltoja joita vietin hänen luonaan. Hän tekstaili minulle jatkuvasti ollessaan töissä.

Tilanne sai yllättäen oudon käänteen, kun sain kuulla, että hänellä oli ollut treffit samaan aikaan jonkun toisen typykän kanssa, kun oli kuumana lähetellyt puhelimeeni viestejä. John yritti sinnikkäästi viedä minua treffeille, kunnes viimein kysäisin toisen naisen pyörittelystä ohessa. Hän oli hämmentynyt kuullessaan olevani tietoinen kyseisestä naisesta, muttei suinkaan luovuttanut.

Siinä sitten toinen nainen hengitti niskaani ja John roikkui hihassani kuin kiimainen koira. Hän selitti, miten olen niin kuuma ja ihana ja kaunis ja kaikkea. Lupauksia ripotteli, lounaista ja illallisista ja seikkailuista yhdessä, vaikka todellisuudessa hän oli aina töissä. Johnilla oli kaikenlaisia ideoita, muttei koskaan aikaa toteuttaa niitä.

Baarissa jos joku tuli koittamaan onneaan kanssani, John ki-pitti tekemään miehille selväksi, että hän on poikaystäväni, että olisi parempi pysytellä poissa. Sitten hän vitsaili miten meidän varmaan kannattaisi mennä naimisiin, ettei hänen tarvitsisi enää kysyä lupaa voidakseen harrastaa seksiä kans-sani, vaikken itse haluaisi. "Anteeksi kuinka?!", tokaisin tyr-mistyneenä.

Hän valmisteli minulle illallisen, jonka oli kehittänyt ihan itse, tarjoillen sen minulle viimeisenä iltanani Swazimaassa. Vietin viimeisen yöni hänen luonaan, herrasmiehenä hän sanoi hei-pat, saattoi ja hyvästeli minut. Hän lähetti vielä pari viestiä perääni.

John ei ollut missään vaiheessa minulle mitenkään tärkeä, vain hauskanpitoa. Välillämme ei ollut mitään tunnesidosta, varsinkin kun tiesin hänen olevan pelimiehiä. John selitti ihan samoja juttuja myös muutamalle muulle suomalaistytölle pitkin matkaa, joten loppujen lopuksi saimme hänen tou-huistaan hyvät naurut.

Tarina tähtitaivaan alta

Olimme jättäneet Swazimaan taaksemme ja matkanneet rannikkoa pitkin Kapkaupunkiin. Matka oli bussilla loputtoman pitkä, mutta näimme sata kaunista ja tuhat ihanaa maisemaa sen varrella. Vihdoin olimme saapuneet määränpäähämme, häikäisevään Kapkaupunkiin. Asustelimme eräässä lodgessa ja nautimme viimeisistä päivistämme Äiti-Afrikan maaperällä.

Eräänä näistä päivistä istuskelimme lodgen terassilla siemaillen kylmää kuplivaa. Sisään asteli rehvakkaassa olemuksessaan hassut vibat herättävä kundimainen tyttö. Ajattelin heti, että mikäköhän tuonkin ongelma on.

Päivä kääntyi iltaan ja olimme lähdössä bailaamaan. Tyttö oli ujuttautunut seurueeseemme ja olimme siinä illan mittaan jutustelleet mukavia. Tyttö kysyi minulta, tykkäänkö sattumoisin tytöistä. Vastasin rehellisyyden nimissä, että tykkäänhän minä tytöistäkin. Sitten me jo pian pussailtiin.

Ilta vieri omalla painollaan ja hän kysyi voisiko tulla luokseni yöksi. Epäröin, sillä kanssani samassa huoneessa asuivat kolme ystävääni, joten heitin takaisin, että voisimmeko mennä hänen luokseen. Tyttö meni vaikeaksi ja alkoi kiemurrella kertoen viimein, ettemme oikein voisi mennä, sillä hänen luotaan löytyisi hänen tyttöystävänsä.

Tyttö kuiskutti korvaani, miten olen niin ihana, ettei hän ole koskaan tavannut ketään kaltaistani naista. Hän kertoi miten olen niin kaunis ja ihana ja mukava. Menimme sitten kerrossänkyni yläpunkkaan, hiljaa hiippaillen herättämättä muita.

Seuraavana yönä saman majoitusongelman edessä keksimme ryövätä patjoja ja tyynyjä lodgen varastosta. Rakensimme pihalle pedin tähtien alle ja vietimme yön siellä keskellä kaupunkia majapaikan takapihalla, kuun loisteessa.

Kävimme yhdessä ulkona muutamana iltana ja hän esitteli minua kaikille. Hän ylisti minua kaikin tavoin, aivan kuten kaikki ne Swazimaan pojat aikaisemmin. Hän oli äärimmäisen söpö muija, mutta ihan samanlainen peluri kuin kaikki jätkätkin. Hän julkisesti halaili ja avoimesti pussaili minua, viis välittäen tyttöystävästään tai paljon muustakaan.

Lähtiessäni reppu selässä kohti lentokenttää, yksi majapaikan työntekijöistä tuli luokseni ja sanoi, että tyttö oli silminnähden oikeasti vaikuttunut minusta. Että tulen pysymään tytön mielessä ikuisesti. Kelpaahan minunkin sitä tähtitaivasta sitten mummona muistella.

En vaan tarpeekseni saanut

Kun saavuin Swazimaahan, porukassamme hääräili usein eräs paikallinen heppuli. Alkuun ajattelin, että tyyppi on ihme säätäjä ja huoleton pilviveikko, vähän hämäränpuoleinen kaveri siis. Pyörittyämme uudessa ympäristössämme muutaman viikon ajan, meidät kutsuttiin erään veljesporukan luo viikonloppua viettämään. Päästyämme paikalle olo oli kuin lihatiskillä miesten arvioidessa "saapunutta erää" kauempaa.

Kemujen keskellä tämä kanssamme pyörinyt hämärä tyyppi, Mdudusi, kiinnitti kuitenkin huomioni. Itse asiassa hän olikin ihan kivan näköinen heppu, mutta ennen kaikkea kuitenkin tykästyin hänen ääneensä sekä hauskaan puhetapaansa.

Siellä sitä sitten istuskeltiin kehitysmaassa porealtaassa juomassa siideriä, kun yhtäkkiä suhdanteet alkoivatkin muuttua Mdun toimesta. Kuplivan veden keskellä tunsinkin yhtäkkiä hänen kätensä reidelläni, ja sydämeni huusi jaiks! Myöhemmin likistelimme tanssilattialla, mutta tilanteet eivät kuitenkaan yltyneet suuteloimiseen saakka. Herrasmiehenä hän esitteli taloa, jonne olimme jäämässä yöksi, sekä ohjasi meidät tytöt nukkumaan yhteen makuuhuoneista.

Seuraavana aamuna heräsin ja huomasin olevani juurikasvuani myöten ihastunut. Tilanne ei kuitenkaan ollut ihan niin yksinkertainen, sillä Mdulla oli tyttöystävä. Ajattelinkin, että tyyppi on kuitenkin ihan kunnollisen kaltainen, uskollinen poikaystävä. Eihän välillämme oikeastaan ollut tapahtunut paljoakaan.

Arki siis jatkui ennallaan, ihastuksen tunteen kolkutellessa taustalla. Päivät kuluivat ja uudet bileet lähestyivät. Mexico – teeman hullaannuttamina vietimme viikonloppua kreisibailaten ja uima-altaaseen hypellen. Uni osui silmään Mdun sylissä sohvalla, kun tyttöystävä oli sopivasti juuri lähtenyt edellisenä iltana Etelä-Afrikan puolelle. Kun siinä sitten asiat yön aikana etenivät läheisempiin tunnelmiin, olin lähinnä hämmennyksen vallassa, että tässä sitä nyt mennään, vaikka tämä ukko seurustelee!

Aamulla hiippailin vähemmän epäilyttävälle sohvalle jatkamaan uniani poistaakseni sattumasta mahdollisesti johdettavia päätelmiä. Hyräilin hiljaa mielessäni Black Eyed Peasin hittiä "Can't get enough", joka yön aikana oli meitä viihdyttänyt.

Samanaikaisesti olin tahtomattani saanut myös ihailijan. Sibusiso, toinen paikallinen ystävämme, oli yrittänyt heitellä verkkojaan jo saapumisestani lähtien, soitellen ja viestitellen sekä illanvietoissa lähennellen. Muutaman hassun kerran nukuimme yhdessä ja suukottelimme, ei muuta.

Tyypissä inhotti eniten se, että hän oli pokaillut erästä toista suomalaista tyttöä ennen saapumistamme, ja oli vaihtanut lennossa minuun. Tyttöä vaihtokauppa oli ottanut päähän eikä käänne ketään muutakaan naurattanut. Inha tyyppi.

Kaiken lisäksi Sibusiso sai kuulla kuvioistani Mdun kanssa, juuri sopivasti uuden tytön saapuessa porukkaamme. No Sibusiso nappasi pahaa-aavistamattoman neitokaisen kainaloonsa kiehäämään, ettei kenellekään jäisi epäselväksi, ettei hän minusta oikeastaan koskaan ollutkaan kiinnostunut.

Koko vaihtoni ajan olin kuitenkin ihastunut Mduun, joka edelleen seurusteli ajoittain maisemissa olevan tyttöystävänsä kanssa. Tyttöystävän korviin tarina mexico-kemujen jatkoista ei ilmeisesti kantautunut, eikä tarinalle harmikseni koskaan tullut jatkoa.

Kun kuukautemme tulivat täyteen, olin innoissani päästessämme reissaamaan Swazimaan rajojen toiselle puolen. Kotiin palaaminen kummitteli mörkönä mielessä ja kun jalat vihdoin palautuivat Suomen kamaralle, oli siitä juhlatunnelma kaukana. Ikävöin Mduta palavasti ja kotiin palattuani kaikki hänen kanssaan vaihdetut viestit saivat jokaisen soluni hyrräämään ylikierroksilla.

Kotiinpaluutani väritti kovempi kulttuurishokki kuin missään vaiheessa Swazimaassa ollessani, mutta hiljalleen koulun sekä töiden kautta sopeuduin taas suomalaisuuteen. Kesti kuitenkin kauan, ennen kuin yksikään suomalainen mies aiheutti minussa minkäänlaista reaktiota. Ja kieltämättä, vielä vuosien jälkeenkin, yhteistä yötämme tahdittaneet sävelet tuovat hymyn huulilleni.

Ensitreffit äidin kanssa

Näimme ensimmäisen kerran kantakuppilassamme. Olimme tuulettumassa isolla porukalla ja Ben tuli pöytäämme norkoilemaan. Hän istui paikalleni, joten suhtautumiseni hänen läsnäoloonsa oli automaattisesti melko kylmä, naamani vääntyi nopeasti nurinpäin. Hän yritti liehitellä jotain tyttöjä porukastamme ja seurasin hänen toimintaansa kiukutellen.

Sitten Ben tuli höpöttelemään minulle, minua syvästi ärsytti tyypin koko olemus. Otti aivoon, että se siinä möllötti, en viitsinyt teeskennellä kiinnostunutta. Ben alkoi kysellä, miksi olen niin kiukkuinen. Vastasin vain etten ole, ja käänsin katseeni seuraavaan ilmansuuntaan.

Jonain toisena iltana olimme jälleen kuppilassa ja itse olin huomattavasti paremmalla tuulella. Spottasin Benin ihmisjoukossa. Jotenkin päädyimme tanssilattialle yhdessä ja hän muisti minut edellisen kerran kiukuttelustani. Ben alkoi ottaa lähempää kontaktia. Kerroimme toisillemme ketä oikein olemme ja mistä tulemme.

Ben oli kuskina ja loikkasin hänen matkaansa. Hänen autonsa muistutti etäisesti poliisiautoa. Tykkäsin hänen musavalinnoistaan ja matka Manziniin vierähti joutuisasti. Kaarrettuamme hänen kotipihaansa muistan hänen maininneen jotain hissukseen hiippailemisesta.

Heräsin aamulla 12-vuotiaan pojan huoneesta. Ensimmäisenä näin seinille kiinnitetyt muoviset, pimeässä hehkuvat tähdet. Kääntäessä katseeni huomasin seinille kiinnitetyt bändijulisteet. Meno se vain parani, kun huoneesta ulos astuessani törmäsin Benin äitiin. Hän ei ollut maininnut asuvansa äitinsä kanssa.

Kyseenalaistin arvostelukykyni ja kysäisin ohimennen Benin ikää. Hän kertoi olevansa 27, asian vahvisti myöhemmin Facebook.

Ben ajoi minut puoliltapäivin kotiini Mbabaneen ja hämäristä bändijulisteista huolimatta aloin tapailla häntä säännöllisesti. Katselimme elokuvia tietokoneelta pimeässä hohtavien tähtien alla ja yön pimeinä tunteina Ben näppäili soittimesta Celine Dionia repeatille.

Ben hengaili usein kahden hiukan lahjattoman oloisen nuoren miehen kanssa. Ajellessamme ympäri kyliä Benin kaverit olivat mielestäni erittäin omituisia hulluine tempauksineen ja järjettömine ideoineen. Pojat kuitenkin olivat kuin veljiä Benille.

Ben ajoi minut aina takaisin kotiini, hän ei kertaakaan yöpynyt luonani. Välillä ajelimme hänen poliisiautollaan päämäärättömästi, välillä ristiin rastiin hoitelemassa jotain työasioita. Hän vei minut näytille siskonsa luo, olimme siellä muutaman kerran kyläilemässä ja syömässä. Tapasin myös Benin toisen siskon, niin ikään illallisen merkeissä.

Viimeisenä iltanani Swazimaassa Ben tuli kotiini hyvästelemään minut. Tavallaan oli haikea sanoa heipat, olimmehan viettäneet paljon aikaa yhdessä. En kuitenkaan pystynyt ottamaan häntä missään vaiheessa vakavasti, joten en jäänyt sen kummemmin kaipailemaan.

Hän puhui, että olisi tulossa käymään Saksassa jonkun sukulaisensa luona. Puheet kuitenkin jäivät, eikä hän koskaan tullut. Vaihdamme edelleen silloin tällöin kuulumisia Facebookissa.

Sinnikkäin sissi

Melko nopeasti saavuttuani Swazimaahan tutustuimme erääseen paikalliseen heppuun, joka ystävällisesti ulkoilutti meitä suomalaisia tyttöjä viikonloppuisin minne milloinkin. Näillä seikkailuillamme mukana yleensä rullaili muutama vaihtuva naama, joiden nimiä en edes kunnolla koskaan oppinut muistamaan.

Olin innoissani viikonloppuisista seikkailuistamme, koska pääsin kurkistamaan paikallisten bailuihin, vähän hämyisiin paikkoihin, joihin en yksin uskaltaisi mennä. Kaikki sujui kivasti ja kivuttomasti, hullujen tarinoiden kertyessä jälkipolville kerrottavaksi.

Usein ajauduimme Swazimaan bailupääkaupunkiin Manziniin, jossa juottoloita on määrällisesti enemmän kuin kotikaupungissamme Mbabanessa. Manziniin on kuitenkin päälle puolen tunnin ajomatka, joten aina sinne lähdettäessä tuli olla kuski tai rahat taksiin takataskussa. Tai jos kreisibailasi koko yön, saattoi hypätä aamun ensimmäiseen kombiin kotia kohti.

No, usein matkassamme oli kuitenkin eräs kuljettajan hommaa hoitava mies. Minulle ei koskaan valjennut, oliko hän joku virallinen taksimies vai vain kaveri, joka aina houkuteltiin kuskailemaan porukkaamme. Kuskimies oli ilmeisesti iskenyt silmänsä minuun, sillä hän aina aika-ajoin kertoi minulle, miten haluaisi mennä kanssani naimisiin. Hän sinnikkäästi jaksoi piirittää minua illanvietoissa, vaikken antanut hänelle yhtään köyttä.

Manzinissa oli eräs yökerho, jonka tanssilattialla viihdyimme usein auringonnousuun saakka. Tähän yökerhoon olimme taas eräänä viikonloppuna kruisailleet ja liitelin yökerhossa seurueesta toiseen fiiliksen mukaan. Jutellessani erään miesporukan kanssa kuskimies tuli taakseni, otti hartioistani kiinni ja yritti viestittää muille miehille, että hän omistaa minut. No noloahan se hänelle sitten oli, kun riuhtaisin itseni irti ja sanoin etten ole hänen.

Emmekä sitten menneet naimisiin, vaikka se hänelle suuren pettymyksen tuottikin. Häntä sai lähinnä potkia pois jaloista, ikinä en edes suukkoa hänelle heltynyt antamaan. Swazimiehistä löytyy kyllä intoa ja yritystä, kun vasta ehkä kymmenennet pakit saavat ihailijan ottamaan askeleen takavasemmalle. Mietiskelin toisinaan, mahtaako tällainen väsytystaktiikka todella toimia swazinaisiin?

Kuuman miehen lihallinen himo

Eräänä viikonloppuna olimme ulkona Mbabanen kuppiloissa. Seurueessamme oli jo pidempään Swazimaassa pyörinyt suomalainen tyttö, joka oli ehtinyt tutustua jo huomattavaan määrään paikallista väkeä.

Seurueemme ohitti pitkä, tumma ja urheilullisen näköinen mies, joten tyttö esitteli meidät ohimennen. Bruno oli hänen nimensä. Sinä iltana emme viettäneet sen enempää aikaa yhdessä, vaikka häntä salaa silmäilinkin. Jonain tulevana iltana eksyimme kuitenkin puolivahingossa yhteen ja ruumiillinen himo vei meidät mennessään.

Toisinaan näimme muutenkin kuin ruumiillisen himon merkeissä. Brunon kropan läheisyydessä ruumiillista himoa oli kuitenkin hankala välttää.

Jonain näistä illoista lähdin Brunon ja hänen kavereidensa kanssa ulos ajelulle. Kävimme tutussa kuppilassa kääntymässä ja aloin olla vankassa humalassa. Ajoimme pimeässä johonkin, ja yhtäkkiä miehet sanoivat menevänsä katsastamaan lähistöllä käynnissä olevat kotibileet. Minulta ei kyselty olisinko halunnut liittyä seuraan, joten istuin odotellen yksin autossa keskellä yötä jossain keskellä pöpelikköä. Odottelin siellä ehkä vajaan tunnin.

Matka jatkui viimein Brunon luo, hän asui kaupungin ulko-puolella sijaitsevan kaivoksen lähellä. Kämppä ei ollut järin siisti, en olisi mennyt suihkuun siellä. Mutta sentään hän asui yksin.

Bruno ja häneen kytkeytynyt lihallinen himo jotenkin sitten vain tippuivat kuvioista, mikä oli sinänsä ihan hyvä. En otta-nut häneen yhteyttä ja ajattelin, että ehkä hän soittaa jos soittaa, muttei soittanut.

Muistelisin, että Bruno käytti minua melko perusteellisesti hyväkseen. Olen sen laatuinen ihminen, että jos raha polttaa taskussani, niin tarjoan kyllä ystävällekin. Ja Bruno oli tilai-suuteensa tarttuva mies.

Palattuani Suomeen kuulin Swazimaahan jääneeltä ystävält-täni, että Bruno oli ollut vihainen, kun olin lähtenyt maasta jättämättä hänelle hyvästejä.

Kivulias Karman koukku

Istuttiin siinä iltaa kotosalla suomalaisten ja paikallisten kavereiden kanssa. Olin ollut Swazimaassa jo sen aikaa, että kaikki alkoi olla luontevaa ja elo uudessa ympäristössä oli arkipäiväistynyt.

Thulani oli ystävineen tullut osaksi porukkaa, mutta aivokapasiteettini ei ollut vielä riittänyt kaiken sen uuden oppimisen ohessa komeiden miesten bongailemiseen. Kunnes kaikki tapahtui yhdessä rysäyksessä.

Tarina on tosi omituinen. Olin törsännyt kaikki rahani rakennekynsiin, joiden kanssa tykkäsin hipsutella itseäni ja muita. Jotenkin sitten siinä illan edetessä päädyin hipsuttelemaan Thulanin niskaa, pikkuhiljaa selkää ja käsivarsiakin. Hän suli kosketukseni alla ja jotenkin sitten lähdimme ennen aikojamme huoneeseeni yöpuulle. Siis puhumatta koko iltana mitään sen enempää, yksinomaan sen kosketuksen luoman yhteyden vetämänä.

Aamulla heräsin hänen lähtiessä kohti uutta työpäivää, ja olin aivan rakastunut. Kikattelin elämän ihanuutta ja liitelin pilvissä aamupäivän, kunnes sain viestin Facebookiini, että "eihän kerrota sitten kenellekään, ettei tyttöystäväni saa tietää".

Anteeksi kuinka, kuka tyttöystävä? Sain selville, että ihana Thulani seurustelee itseään vanhemman naisen kanssa.

Ärsyynnyin elämän epäreiluudesta, miksi ihana Thulani muka jonkun vanhan naisen kanssa seurustelee? Voisihan hän saada myös minut: nuoren, kiinteälihaisen ja villin vaaleaverikön. Ja näissä ajatuksissa pyöriessäni puhelimeni sanoi piip, Thulani viestitti heidän eronneen naisystävänsä kanssa. Jippiaijee, olin riemuissani!

Alkoi onnen päivät, kun viestittelimme ja suunnittelimme tapaamista. Ihana, ihana mies! Leijuin pilvilinnoissa, mikä oli sinänsä harmittavaa, että kahden onnenpäivän jälkeen rysähdin sieltä alas melko kovaa. Sain kuulla, että he olivatkin saaneet rakkautensa palaset liimattua yhteen, ja ovat onnellisesti taas yhdessä. Pettyneenä hiippailin takavasemmalle, ja lopetin hänen kanssaan keskustelemisen. Tein mielenpuhdistusharjoituksia, koitin keskittyä olennaiseen.

Eräänä viikonloppuna kesken maantieseikkailun puhelimeni sanoi taas piip. Thulanihan se siellä viestitteli, kun eukon kanssa taas oli mennyt sukset ristiin. Että voisimmeko nähdä? Ponnahdin suoraan takaisin sinne rakentamaani pilvilinnaan, ihana ihana mies, joka vihdoin olisi minun! Viestittelimme koko kotimatkan ihania siirappisia viestejä.

Kuitenkin, uskomatonta mutta totta, eukko palasikin kuvioon ennen kuin pääsin kotiin.

Nyt aloin olla jo vihainen. Haistatin mielessäni ukolle pitkät ja läksin baariin. Kerroin ystävilleni, että nyt saa riittää, hankin uuden ihanamman miehen. Rukouksiini vastattiin tuota pikaa, kun baaritiskillä minua odotti ihana vihreäpaitainen mies. Hän oli pitkä, komea ja tutki minua jo silmillään. Sanoin ystävilleni, että tuo on minun, menen nyt hakemaan sen. Sitten menin miehen luokse, sanoin hei, menimme tanssilattialle ja toin hänet kotiini.

Tarina oli aivan liian hyvää ollakseen totta, joten siihen piti tulla kupru. Kupru oli valitettavasti käytetyssä ehkäisyvälineessäkin, uimapuku nimittäin meni rikki. Seuraavana päivänä kysyin mieheltä suoraan: "Hei, onko sinulla HIV?", johon vihreäpaitainen mies vastasi "Ei tietenkään, rakkaani".

En uskonut miehen sanoja, joten kiisin päätä pahkaa HIV ja Aids –klinikalle, jonka tiesin harjoittelupaikkani kautta. Hätää tihkuen selitin tilanteen ensin vastaanotossa, sitten lääkärille. Kiva lääkäritäti katsoi minuun säälien, surullisena ja topakkana. Hän iski minulle purkillisen pillereitä kouraan ja kehotti heittämään joka päivä samaan aikaan yhden pillerin huiviini.

Siinä sitten jatkoin harjoitteluani, vastuuni projektissa kasvoi ja sain hoidettavakseni oikeasti merkityksellisiä asioita. Joka päivä iltapäiväkahdelta heitin yhden nappulan naamaani, salaa muiden katseilta. Kuvittelin mielessäni, miten pilleri etsii kehossani ryntäileviä mahdollisia HIV –soluja ja tuhoaa niitä, kuten Olipa kerran elämä –sarjassa. Mahtaakohan Olipa kerran elämä –sarjasta löytyä jaksoa vastuuttoman seksin seurauksista? Jaksossa verisolut ja happisolut voisivat moralisoida tuntemattomien vihreäpaitaisten miesten kotiin raahaamisen vaaroista.

No, elämä jatkui ja HIV katosi sen siliän tien, jos se siis ikinä minuun edes majoittui. Lämpimät tunteet vihreäpaitaista miestä kohtaan olivat kadonneet olemattomiin pillerinpyörittelyn lomassa.

Piip, sanoi puhelimeni, enkä ollut uskoa silmiäni. Viikkojen hiljaiselon jälkeen ihana Thulani kaipasi minua! Hänen ajoituksensa meni inhottavasti jälleen täysin pieleen, olin juuri lähdössä Kapkaupunkiin viikoksi. Sovimme palattuani jatkavamme siitä, mihin jäimme. Kapkaupungissa mietin häntä kymmenen kertaa tunnissa, ja laskin päiviä päästäkseni takaisin kotiin. Ei sillä, että Kapkaupungissa olisi ollut mitään vikaa, vaan vihdoin minusta tuntui siltä, että rakkautemme Thulanin kanssa saisi mahdollisuuden!

Kotimatkalla tuskin pysyin housuissani, kun odotin puhelimeni palaavan tajuihinsa, että saisin lähetettyä viestiä ihanalle Thulanille. Kirjoittaen hei, olen kotona, tule luokseni! Riensin kotiovelta huoneeseeni, kuulin meillä olevan vieraita. Kuulin musiikin soivan uima-altaalla ja mietin voisiko ihana

Thulanini olla siellä jo, odottamassa minua. Menin ääntä kohti ja löysin ihmiset takapihalta.

En ikinä unohda sitä näkyä. Thulani oli siellä, väkijoukon keskellä, kannatellen sylissään naisystäväänsä. He suutelivat ja näyttivät onnellisilta, eivät malttaneet päästää irti toisistaan.

Korkkasin siiderin ja vedin tupakkaani, käänsin katseeni pois.

Sydäntenmurskaaja

Seison kombiasemalla. Ystäväni lähti käymään jossakin hoitamassa jotakin asiaa, ja jäin odottelemaan pysäkille. Elettiin vaihtoni viimeisiä viikkoja Swazimaassa ja tunnelmat olivat ristiriitaiset kotiinpaluun ihanuuden ja lähtemisen kamaluuden välillä.

Seison siis siinä pysäkillä kuuman auringon porottessa ylläni kuunnellen kombikuskien huutoja, "Manzinimanzinimanzinimanzinimanzini" ja "Mbuluzimbuluzimbuluzimbuluzi". Kuljettajat huutelivat oman pikkubussinsa määränpäätä kalastellen eksyneitä lampaita eli viimeisiä matkustajia kyytiinsä.

Ajatusteni villin lennon keskeytti yllättäen joku ihan tuntematon mies. Hän tuli luokseni ja kysyi tapojen mukaisesti kuulumisiani, johon tapojen mukaisesti vastasin voivani hyvin kiitos. Sitten hän pyysi puhelinnumeroani, johon vastasin kohteliaasti, ettei heru. Hän kertoi minulle, että minulla on hänen sydämensä.

Kerroin hänelle, että olen lähdössä takaisin Suomeen ihan näillä näppäimin. Hän hoki uudelleen ja uudelleen, että mutta kun hän rakastaa minua.

61

Sinnikkyydestään ja minuun käyttämistään neljästätoista minuutista huolimatta pidin pääni kylmänä ja raukka sai jäädä rannalle ruikuttamaan, kun hyppäsin kombiin ystäväni saavuttua.

Suomalaiselle huomioon tottumattomalle naisrukalle tällainen tilanne on melko hassu. Koitin ottaa huomionosoitukset huumorilla, mutta herkästi vastaavissa tilanteissa paloi pinnakin. Äkillisessä koskettamisessa menee raja. Ilmeisesti afrikkalaiset miehet ovat tottuneet näkemään enemmän vaivaa saadakseen naisten huomion, ja leijonaurosten kaltainen omistava käytös on tyypillistä.

Toisaalta Botswanassa reissatessamme huomasimme, että siellä päin miehet ovat ruumiinrakenteeltaan kuumempia, mutta käytökseltään myös kohteliaampia. Miehet eivät ole röyhkeitä tai lipeviä kuten swazimiehet, liekö sitten paremmin voivan valtion ja sivistyksen ansiota?

Jos tyttösi tietäis'

Eräänä kauniina viikonloppuna, vietettyämme jo kosolti ai-
kaa hurmaavassa Swazimaassa, lähdimme ystäväni kanssa
yöhön. Törmäsimme kaveriporukkaan, jonka kanssa olimme
bailanneet aikaisemminkin. Muistin Mlungisin tytöistä tyk-
käävänä ja vähän taka-alalla pysyttelevänä hahmona, joka
kulisseissa oli viettänyt öitä ainakin kolmen suomalaistytön
kanssa. Tarina kertoi, että hänellä oli lisäksi paikallinen tyttö-
ystävä, jota hän ei koskaan tuonut mihinkään mukanaan.
Yök, ajattelin.

Mlungisi hiippaili vierelleni tanssilattialle ja heittäydyin het-
keen, tanssimme auringonnousuun ja pääsin käsiksi siihen,
mitä kaikki ne muut tytöt olivat hänessä ehkä himoinneet:
hän oli mahtava suutelija. Kun tuli aika lähteä kotiin, hän yritti
uida kanssani samaan taksiin. Jokin järjen ääni sisälläni ke-
hotti minua passittamaan hänet kavereidensa luokse, jotka
seisoskelivat muutaman askeleen päässä kadulla, odotellen
ystäväänsä.

Heräsin aamulla ylpeänä kyettyäni kieltäytymään niinkin tai-
tavan suukkosuun edessä. Päivät lähtivät taas kulkemaan

omalla painollaan ja imin itseeni swazimaalaista elämänmenoa. Muutaman viikon kuluttua tapasin vanhaa ystävääni kahvikupposen äärellä. Jotenkin siinä sitten päädyimme puhelemaan parisuhteista ja swazimaalaisten omituisuuksista pariutumisen suhteen.

Ystäväni yltyi kehumaan uskovansa yhteisen tuttavanaisemme parisuhteen kestävän ikuisesti, vaikka suhteen toisena osapuolena onkin täysverinen swazimies. Tukehduin kahviini kun hän mäjäytti tiedon eteeni, Mlungisi seurustelee kyseisen tutun naisen kanssa. On seurustellut jo puoli vuotta.

En voinut kertoa kiihkeästä suuteloimisestamme yökerhon sykkeessä, joten vetäisin naaman peruslukemille ja totesin asiaan kuuluvalla hämmennyksellä, etten tiennytkään heidän löytäneen toisensa. Ystäväni jatkoi ylistäen, että he menevät ihan varmasti vielä jonain päivänä naimisiin!

Kotiin päin matkatessani mietin, mikä tuuri kävikin, etten päästänyt ryökälettä luokseni yöksi. Siinäpä olisikin ollut aamulla ihmettelemistä, kun ukon puhelin soi ja tuttavanainen siellä kyselee, että miksei herra tullut kotiin yöksi. Olin kauhusta jäykkänä, mutta samaan aikaan helpotuksesta huojentunut, mitään dramaattista ei tapahtunut. Ennen kaikkea, en ollut päästänyt itseäni ihastumaan mieheen, joten asia oli minulle loppujen lopuksi yhdentekevä.

Ajattelin poistaneeni ukon päiväjärjestyksestä, kun aloin saada kaiken kirjavia viestejä puhelimeeni. Kävellessäni kaupungilla puhelimeeni tuli viesti, miten hyvältä näytän tänään. Iltaisin viesteissä kerrottiin, miten kovin minua ikävöidään.

Mlungisi kyseli, koska voisimme jatkaa siitä mihin jäimme. Kerroin hänelle, ettei jatkotoimenpiteitä tule, sillä alkukartoituskin oli päässyt tapahtumaan vain vahingossa, tiedon puutteen takia! Tätä jatkui jonkun aikaa, mutta vihdoin linja hiljeni.

Kului paljon aikaa ja unohdin koko homman. Kunnes eräänä viikonloppuna olin juhlimassa ystäväni syntymäpäiviä, oli isot kekkerit, oma dj sekä paljon ruokaa ja juomaa. Oli jo keskiyö, kun kemuihin saapui polttariseurue. Miesryppäästä erotin myös Mlungisin. Jossain hetkellisessä aivohäiriössä lähetin kyytini kotiin edeltä ja sanoin tulevani polttaripoikien kanssa perästä.

Heti, kun silmä vältti, hän pyysi minut kanssaan toisaalle. Aivohäiriön jatkuessa antauduin hänen syleilyynsä, tajunnanräjäyttävään suuteloon ja varastettuun hetkeen. Jokin pikkiriikkinen järjen hippunen kuitenkin jälleen sanoi, ettei asiaa kannata viedä sen pidemmälle. Järjen hippunen valui huulilleni ja puuttui peliin. Palasimme takaisin porukkaan.

Tämän jälkeen kaupungille avattiin uusi kuppila, jossa ajauduin viettämään lukuisia iltoja. Valitettavasti niin päätyivät herra ja rouva Mlungisikin. Rouva Mlungisi ei koskaan sanonut minulle, että tietäisi varastetuista hetkistämme, mutta oli aina naama näkkärillä nähdessään minut, joten päättelin hänen saaneen vihiä puuhistamme.

Olen toisaalta myös hyvin tietoinen siitä, etten suinkaan ollut ainoa Mlungisin ylitsepursuavan rakkauden sivupolku. Rohkenen arvella, että vaimokin on jossain määrin hyvin tietoinen miehensä taipumuksista. Sinänsä uskollinen vaimolleen Mlungisikin oli, ettei hän koskaan vaimonsa edessä antanut huomiota muille naisille. Mutta kun silmä vältti, raja-aidat kaatuivat rytisten.

Huomaavaisin hurmuri

Jos olisin ehtinyt asustella kauemmin Swazimaassa ja olisin ollut paremmin sisällä Afrikan meiningeissä, olisin hänet kohdatessani ollut enemmän varuillani. En kuitenkaan ollut, joten tarinamme ei kaatunut ennakkoluuloihini, vaan lähti kasvamaan keväiseen kukoistukseensa.

Olin ehkä yhden tai kaksi viikkoa pyörinyt Swazimaassa. Muistan kyseisen illan vain hyvin hämärästi, kun Swazimaassa asuva ystävättäreni tuli kylään majapaikkaamme parin ystävänsä kanssa. Vietimme porukalla iltaa uima-altaan reunalla, kun puhelimeni soi. Isäni soitti kaukaa kotosuomesta ja siirryin etäälle puhumaan hänen kanssaan. Monta viikkoa myöhemmin Stembiso kertoi huomanneensa minut juuri silloin, seisoessani pihalampun alla juttelemassa hymyssä suin isäni kanssa. Hän sanoi miettineensä, että onpa siisti muija.

Itse muistan erään toisen illan, kun lähdimme porukalla ulos. Porukassa oli suomalaisia ja paikallisia, ja jotenkin olimme onnistuneet neuvottelemaan itsemme Swazimaan KFC -ketjun omistajan bileisiin. Mesta oli huikea kartano, siellä oli

uima-altaat ja valtavat salit ja systeemit. Siellä muistan kiin-
nittäneeni huomioni Stembisoon, tosi hyvännäköiseen nuo-
reen mieheen, joka saapui kanssamme bileisiin. Mietin sil-
loin, että hän tuskin katsoisi minuun päinkään.

Bileistä lähdimme katsastamaan Manzinin kuuminta yöker-
hoa, ja siitä se kaikki alkoi. Jotenkin ajauduimme ottamaan
yhteiskuvia Stembison kanssa ja muistan perhosten lennel-
leen vatsassani, kun hän veti minut lähelleen tiukentaen
otettaan. Hän otti minut niin mukavasti tykö kainaloonsa,
että hänen aikaansaamansa turvallisuudentunne vei minut
mukanaan. Sieltä komean kainalon turvasta en osannut kuin
hymyillä. Lopulta koko porukka päätyi majapaikkaamme
Mbabaneen yöksi, nukkumaan pitkin sohvia, sänkyjä ja latti-
oita.

Uuden viikon alku erotti porukan omille teilleen, ja niin er-
kani myös komea Stembiso viereltäni. Hän kuitenkin selvitti
numeroni jostain ja soitti minulle seuraavalla viikolla. Puhelut
ja viestit johtivat satunnaisiin tapaamisiin ja niin seuraavat
viikot kuluivat työharjoittelun ohella kotona Stembison kai-
nalossa sekä ulkona pyörien, syöpötellen ja kevyesti juopo-
tellen.

Viikonloppuisin hyökkäsimme aina takaisin rikospaikalle
Manziniin. Stembiso yleensä teki samassa töitään, musiikki-

hommia yökerhon DJ:n kanssa. Ensin palailimme aina takaisin kotiin öisin taksilla, mutta pikkuhiljaa viikonloput alkoivat venyä yöpyessämme Stembison veljen luona. Pääsin tutustumaan Manzinin tyyppeihin ja kurkistamaan paikallisten bailauskulttuuriin.

Muistan, kun kerran eksyimme eräisiin häihin, joissa meno ja meininki oli käynnissä jo ties monettako päivää. Porukka tanssi, söi ja joi yötä päivää ja kaikki istuskelivat pihalle asetettujen ulkotelttojen alla, ilman suomalaiseen silmään niin tuttua pöytäjärjestystä tai muuta epämukavaa pönötystä.

No, viikonloput vierähtivät ja vietettyämme tiiviisti aikaa yhdessä Stembiso alkoi puhua, että majapaikkani ihmisvilinän sijaan voisimme viettää aikaa hänen kotonaan. Ensimmäistä kertaa menin hänen kotiinsa jännityksen valtaamana, sillä tiesin hänen asuvan perheensä kanssa. Olin jo oppinut, miten korkeassa arvossa vanhempia Swazimaassa pidetään, enkä ollut täysin varma osaanko käyttäytyä heidän arvonsa mukaisesti.

Helpotuksekseni sain huomata hänen huoneensa olevan päätalosta erillisessä rakennuksessa, erillisellä sisäänkäynnillä. Siellä olikin itse asiassa aika hyvä hengailla, joten hiljalleen aloin viettää viikollakin öitäni hänen luonaan. Kävin vain harjoittelussani ja hiivin töiden jälkeen takaisin Stembison luokse. En loppujen lopuksi koskaan edes tavannut hänen perhettään.

Elin käsillä olevassa hetkessä. Stembiso sai rahaa ainoastaan satunnaisista viikonloppukeikoista, joten melkein poikkeuksetta seikkaillessamme toimin laskun maksajana. Menihän siinä rahaa juomaan, ruokaan ja bensoihin, muttei näin jälkikäteen ajateltunakaan kohtuuttoman paljon. Raha muuttui hetkiksi ja hetket muistoiksi.

Toivoin, etteivät ne kolme ja puoli kuukautta loppuisi ikinä. Että voisin olla siellä aina. Kun reissu oli jo kääntynyt loppupuolelleen, muut suomalaiset alkoivat kysellä, onko touhuissani paljoakaan järkeä. Että mitä nyt meinaan, hengatessani jonkun pennittömän paikallisen kanssa. Muistan hyvälle ystävälleni sanoneeni, että niin kauan kuin minulla on kivaa, niin raha ei haittaa, kaikki on hyvin.

Stembiso ei myöskään koskaan pyytänyt minulta rahaa seikkailuissamme, vaan pikemminkin opin tietämään hänen kanssaan ulos lähtiessäni olevani se maksava osapuoli. Tavallaan näen asian myös niin, että hänen seuransa mahdollisti minulle niin monta seikkailua, joista en olisi osannut edes uneksia, ettei kaikki se raha merkitse näin jälkikäteen mitään.

Oli meillä jokunen riitakin Stembison kanssa. Kerran ollessamme yökerhossa, odottaessani baaritiskillä vuoroani naputtelin siinä samalla puhelintani, muistaakseni nettipankkia.

Siihen tuli joku Stembison kaveri jonottamaan ja vaih-doimme muutaman sanan ohimennen. Stembiso sattui pai-kalle juuri silloin ja luki tilanteesta, että vaihdoimme puhelin-numeroita hänen selkänsä takana. Siitä tuli iso riita.

Mutta turvallisuudentunne hänen kanssaan säilyi läpi yh-dessä vietettyjen iltojen, viikkojen ja kuukausien. Stembiso ei koskaan jättänyt minua ulkopuolelle, vaikka välillä porukassa puhuttiin siswatia, välillä porukka hajosi tai vaihtui. Hän piti aina huolen siitä, että minulla oli hyvä olla.

Kerran hänen vetäessään keikkaa DJ:n kanssa lavalla olin tanssahtelemassa itsekseni, kun joku mies koitti lähestyä mi-nua tanssilattialla. Uiskentelin pois tanssiaskelin ja tämä mies tuli viereeni aina uudelleen ja koitti likistellä minua. Lopulta mies pääsi iholleni, jolloin Stembiso laski välittömästi mik-kinsä ja tuli luokseni, sanoi miehelle jotain siswatiksi ja mies katosi kuin pieru Saharaan.

Eleltiin jo reissuni loppupuolta, kun Stembiso yllättäen saa-pui majapaikalleni keskellä yötä. Yövartija oli päästänyt hä-net sisään ja heräsin hänen huhuiluunsa rappukäytävässä. Näin, että hänellä oli jokin hätänä ja istuimme alas kahdes-taan. Stembiso oli aikaisemmin jo kertonut minulle, että hä-nen biologinen äitinsä asuu Etelä-Afrikassa. Istuessamme ul-kona hän alkoi itkeä ja kertoi äitinsä olevan todella sairas. Äiti pitäisi saada äkkiä sairaalaan, mutta hänellä ei tietenkään ollut latin latia. Hän kysyi minulta, voisinko auttaa häntä.

Vaistomaisesti mietin, onko tämä nyt tosijuttu vai jokin tekaistu keino saada rahaa johonkin akuuttiin henkilökohtaiseen konkurssiin. Hän vaistosi epäilykseni ja vakuutteli puhuvansa totta. Sanoin, etten aio tässä keskellä yötä lähteä mihinkään automaatille. Hän yllätyksekseni pyysikin lainata pankkikorttiani. Olin pöyristynyt, en todellakaan anna pankkikorttiani kenellekään. No, jotenkin hän kuitenkin vakuutti minut lainaamaan korttini hänelle tunnuslukuineen ja hän katosi yöhön. Seuraavana aamuna hän tuli palauttamaan kortin, kertoi summan jonka oli lainannut ja kiitti miljoonasti.

Vielä kuukausia jälkeen, palattuani Suomeen, hän kiitteli avustani hädän hetkellä. Hän sanoi, ettei minunlaisiani ole montaa maailmassa, ei montaa jotka luottavat häneen yhtä paljon, hän sanoi sydämeni olevan paikallaan. Ja minä kaikista epäilijöistä huolimatta uskon hänen tarinansa. Uskon, että sinä yönä Stembison kasvoilla näkemäni tunteet olivat aitoja.

Vähän ennen kotiinpaluutani Stembiso lainasi sedältään autoa ja vei minut yhdelle useista Swazimaan ihmisen luomista järvistä. Paikka oli kaunis ja vietimme ihanaa päivää luonnonhelmassa kahdestaan. Kun lähdimme ajelemaan takaisin kaupunkiin, pysähdyimme tervehtimään Stembison setää ja hänen kavereitaan. Porukka oli mukavassa maistissa keskellä päivää ja minä siinä sitten vahingossa liityin seuraan. Siellä me sitten vietimme loppupäivän ja Stembiso ajoi minut kotiin illaksi.

Muistan kun laskimme jäljellä olevia päiviä ja öitä, kuinka monta tuntia voimme olla vielä yhdessä. En ihan oikeasti halunnut lähteä kotiin. En todellakaan ollut ajatellut, että näin voisi käydä, että tulen Swazimaahan, ihastun ja joudun lähtemään itku kurkussa kotiin. Stembiso sanoi, ettei haluaisi minun lähtevän, mutta myönsi olevansa voimaton sen tosiasian edessä, että pakkohan minun mennä on.

Puhuimme paluustani, varmasta paluustani, mahdollisimman pian. Olimme viimeiset päivät yhdessä todella tiiviisti, vielä viimeisenä iltana lähdimme Manziniin bailaamaan ja kömmimme seuraavana aamuna taksilla kotiin, koko yö kreisibailausta eikä silmäystäkään unta varastossa. Kaikki tavarani odottivat pakattuina, joten lähdin siitä saman tien. Sanoimme heipat ja lähdin rinkka selässäni. Yhtäkkiä se hetki olikin siinä, ei enää yksi tai kaksi päivää, viisi tai kymmenen tuntia, vaan nyt täytyi sanoa heippa ja se oli sitten siinä.

Itkin ja Stembiso itki. Molemmat itkimme ihan kauheasti.

Päästyäni Suomeen pidimme todella paljon yhteyttä, viestittelimme monet viestit päivittäin ja moneen otteeseen. Ajattelin, että kun tulee opinnäytetyön aika, menen tekemään sen Swazimaahan. Aloin järjestellä asioita, mutta opinnäyte-työn lähestyessä kaikki käytännön järjestelyt kaatuivat päälle, mistään ei yllättäen tullutkaan mitään. Kun ensimmäistä ker-taa lähdin, kaikki soljui niin sulavasti, mutta nyt yhtään mi-kään ei sujunut.

Tiivis yhteydenpitomme alkoi pikkuhiljaa hiipua, kunnes jos-sain vaiheessa huomasin kuukausien vierähtäneen edelli-sestä juttelukerrasta. Vähäisitäkin viesteistä katosi sisältö.

Kyllä se sitten meni siinä, kun paluustani ei sitten tullutkaan mitään ja aloin luopua ajatuksesta mennä takaisin. Silloinkin tosin ajattelin, että menen kyllä sitten joskus. Menen var-masti. Nyttemmin ajattelen, että joskus vielä haluaisin mennä.

Tykkään ajatuksesta, että näkisin kaikki ne paikat ja ihmiset uudelleen, oli se sitten samanlaista tai ei. Afrikassa oli niin paljon asioita, jotka viehättävät, eivätkä lähde minusta kos-kaan. Koko se Afrikan meininki, ei sitä pysty unohtamaan, ja sen haluaisi tietenkin kokea uudelleen. Kyllä ne olivat elä-mäni parhaat kolme kuukautta.

Love came through

Olin hakenut ensimmäisenä lukuvuonna vaihtoon Botswanaan ja sain vastaukseksi, että pääsen Swazimaahan harjoitteluun. En osannut päättää missä teen harjoitteluni, joten ilmoitin passaavani tarjouksen ja katsovani myöhemmin asiaa uudelleen. Sitten syksyn saapuessa minulle kuitenkin tuli vaihtojaksoon kuuluvan verkkokurssin tunnukset, että "Hei Swazimaahan lähtijä!" Ilmoitin uudelleen, etten ole lähdössä.

No sitten marraskuussa oli joku projekti- ja kehitystyöpäivä koululla ja Swazimaan pisteellä minut imaisi keskusteluun kanssaan Swazimaassa käynnissä olleen projektin päällikkö. Hän kysyi, onko minulla kevääksi harjoittelupaikkaa ja houkutteli lähtemään mukaan projektiin. Toinen lähdössä ollut opiskelija oli hiljattain perunut oman seikkailunsa. En kieltäytynyt suoralta kädeltä, vaan mietiskelin asiaa lounaan ajan. Minut valtasi vahva tunne siitä, että nyt kohtalo heitti jo kolmannen merkin peliin. Että kyllä minun on nyt lähdettävä swazeilemaan.

Olin kuitenkin lähdössä vielä sitä ennen kuukaudeksi Balille. Reissujen välissä hengailin muutaman viikon kotona Suomessa kunnes pakkasin kapsäkkini ja lentelin Swazimaahan ilman sen kummempia odotuksia.

Siellä sitten haistelin ilmaa, tunnustelin uutta maaperää jalkojeni alla. Työskentelin mielenkiintoisen projektin parissa ja elo maistui varsin mukavalta. Samassa projektissa työskenteli kaikenlaista väkeä, mukaan lukien eräs pitkä, tumma ja komea mies. Siinä sitten kun olimme jonkun aikaa työskennelleet yhdessä, hän vahingossa rakastui minuun. Minulla oli kyllä silloin vielä poikaystävä.

Muistan kun olin tavannut hänet ensimmäisen kerran. Muistan kertoneeni ystävälleni Roosalle, miten tuo Somcebo vaikuttaa ihan sellaiselta ihmiseltä, joka tulee pysymään elämässäni pitkän aikaa. Tämä oli ihan ensimmäisillä viikoilla jo. Olimme jutelleet ja sain hyvät vibat, välillämme virtasi hyvä energia. Tuntui, että hän on sellainen ihminen, joka pysyy sydämessäni ja opettaa minulle paljon. Ajattelin tätä kaikkea lähinnä ystävyysmielessä.

Kerran lähtiessämme töistä samalla ovenavauksella, askeleemme veivät eri suuntiin, mutta hän huusi perääni: "Rakkaus on tulossa sinua kohti, rakkaus tulee!" Ja minä nauroin kävellessäni alas mäkeä, muhkuraista tietä pitkin.

Somcebo sanoo, että rakastui heti nähdessään minut. Hän ei ollut ajatellut perhettä tai naimisiinmenoa, mutta näki minussa sielunkumppanin. Pääsimme tutustumaan toisiimme töiden lomassa, ja työskentelymme sujui kuin rasvattu. Kuitenkaan en antanut itseni ajatella häntä romanttisessa mielessä.

Monena iltana olin sängyssä ja mietin mitä Somcebo mahtaa tehdä, mitä hänen iltaansa mahtaa kuulua. Kävin läpi päivän tapahtumia ja toisaalta murehdin, miksi mietin häntä niin paljon. Välillä ajatusteni sattumanvarainen karkailu jopa häiritsi. Joinain päivinä, kun emme nähneet työpäivän aikana, ajattelin Somceboa ja samassa ihmettelin rintaani kaivelevaa kaipaavaa tunnettani. Hoin itselleni että ei, kyllä me ollaan vaan kavereita.

Omille synttäreilleni sitten kutsuin Somcebon. Ihan vaan ystävänä ja avoimella kutsulla, että hän saa tuoda mukanaan ystävän. Ja hän tuli. Ei minulla ollut mitään odotuksia, olin vain innoissani tietäessäni, että hän on tulossa. Join siinä skumppaa ja mietin salaa mihinköhän ilta johtaa.

Sitten sinä iltana tulikin ensisuudelma. Tämä oli siis kaksi viikkoa ennen kuin lähdin kotiin. Viimeisten viikkojeni ajan Somcebo oli kiireinen kaikenlaisten järjestelyjen ja töiden kanssa, oli Bushfire–festivaali tulossa sekä työstämämme projekti. Ja yhden viikon vietin vielä Mosambikissa.

Olin päättänyt palata tekemään opinnäytetyötäni Swazimaahan vielä saman vuoden syksynä. Tiesin siitä jo ennen kuin mitään oli edes tapahtunut Somcebon kanssa, että sinänsä en voi sanoa palanneeni hänen vuokseen.

Lähtiessäni takaisin kotiin en ajatellut meistä sen kummempaa, mutta sähköpostittelimme ja pysyimme jutuissa. Somcebo lähetteli sähköposteja kertoen arkensa tapahtumia sekä kirjoitellen tulevaisuuden unelmista. Sieltä tuli sähköposteja, kirjeitä ja tekstareita sekä välillä puhuimme puhelimessakin.

Palattuani Swazimaahan oli paljon kaikenlaista, niin töitä kuin opinnäytetyöasioita. Oli paljon stressiä ja olin jo vähän ylikuormittunut. Kuitenkin neljän Suomessa vietetyn kuukauden aikana olin elellyt elämääni, enkä ollut tavannut ketään kiinnostavaa. Ollessani taas Swazimaassa tajusin miten tykkään Somcebosta edelleen ja halusin aina vain enemmän nähdä häntä sekä olla hänen lähellään.

Olimme sopineet, että työ tulee ensin ja rakkaus vasta sen jälkeen. Swazimaassa viettämäni kolme viikkoa olivat todella kiireiset meille molemmille. Pidimme rakkausjutut omana tietonamme, emme halunneet kaikkien työkavereidemme tietävän.

"Emme tienneet, mitä kohti olimme menossa, mutta halusimme mennä silti. Kun asetetaan vaisto ja rakkaus ensimmäiseksi, kaikki muu seuraa. Kun suunnitellaan tulevaisuutta, ei aseteta suuria odotuksia, eletään vaan ja suunnitellaan, muttei odoteta liikoja."

Somcebo kertoi minulle, että oli keväällä joutunut tekemään ison päätöksen rakkautemme edessä. Rakkauden, jota ei silloin vielä edes ollut elossa muualla, kuin hänen sydämessään. Hänelle oli tarjoutunut töitä ulkomailla, valtavan hieno mahdollisuus, josta hän oli kieltäytynyt. Hänessä eli toivo jaetusta tulevaisuudesta, jonka hän asetti työtarjouksen edelle. En ollut uskoa korviani.

Vietimme kolmen viikon aikana niin paljon aikaa kaksistaan kuin mahdollista. Lähdimme myös yhdeksi yöksi karkuun työkiireitä kahdestaan luonnon helmaan. Kolmen viikon jälkeen palasin kotiin ja suunnittelimme Somcebon seuraavaksi tulevan vierailulle luokseni Suomeen.

No ja sitten huomasin olevani raskaana. Suunnitelmia piti miettiä vähän uusiksi, Somcebo haki kuitenkin viisumia alkuperäisen suunnitelman mukaan vain kuudeksi viikoksi. Sanoin, että ota jokin todistus mukaasi siitä, ettet ole Swazimaassa naimisissa. Siltä varalta, että jos vaikka päädymmekin menemään naimisiin.

Somcebo tuli luokseni Suomeen kaksi päivää ennen joulua. Menimme naimisiin heti tammikuussa. Pidämme hääjuhlan Swazimaassa sitten joskus. Hänen puutarhassaan kasvaa kukkasia häitämme varten.

Kuultuamme raskaudesta keskustelimme tulevaisuudesta ja rahasta, millaiset häät meillä olisi mahdollista pitää. Somcebo vastasi, ettei hänellä ole rahaa, mutta hän lupasi kasvattaa kaikki juhliin tarvittavat kukkaset koristeluihin sekä kasvikset ruuanlaittoon omassa puutarhassaan. Hän kyseli minkä värisen mekon haluaisin ja lupasi kasvattaa mekkoni värisiä kukkasia.

Olin todella kipeä raskauden ensimmäiset kolme kuukautta, oksentelin paljon ja itkin puhelimessa heikkoa oloani. Somcebolla oli niin paha mieli, kun hän ei voinut auttaa. Kun hän vihdoin saapui Suomeen, hän piti minusta todella hyvää huolta ja kokkaili minulle keittoja.

Vauva oli mitä toivotuin lahja rakkaudellemme. Vauvamme on supervauva, hän syntyikin silmät auki, katsellen tähtiin.

Muistan, kun kerran ehdotin Lucy -nimeä ja Somcebo vastasi vähän välinpitämättömästi "Joo katsellaan". Synnytyslaitoksella annoimme kuitenkin sen nimeksi, edelleen mietiskellen onkohan se riittävän hyvä. Kun Somcebo soitti kotiinsa, hän mainitsi, että olemme miettineet vauvan nimeksi Lucya. Yllätykseksemme saimme kuulla sen olevan Somcebon isoäidin nimi, joten nimiasia olikin sillä taputeltu.

Somcebo on matkustanut paljon ja altistunut muihin kulttuureihin. Hänen mielestään suomalaiset ovat innokkaita oppimaan. Suomalaiset haluavat kuulla, millaista Afrikassa on ja millaista elämää siellä eletään. Somcebon tarinoita kuunnellaan mielellään ja hän kokee, että hänet on otettu hyvin vastaan.

Somcebo sanoi kerran ihanasti oppineensa kanssani, ettei rakkaus ole sitä, että löytää oikeanlaisen ihmisen. Rakkaus on sitä, että on onnellinen sen ihmisen kanssa, kenen kanssa on. Omistautuu hänelle ja arvostaa sitä, mitä on.

Ostin viime vuonna kortin Skotlannista, joka kuvaa mielestäni meitä hyvin, kiteyttäen meidät sanoihin "Perfect in our imperfections."